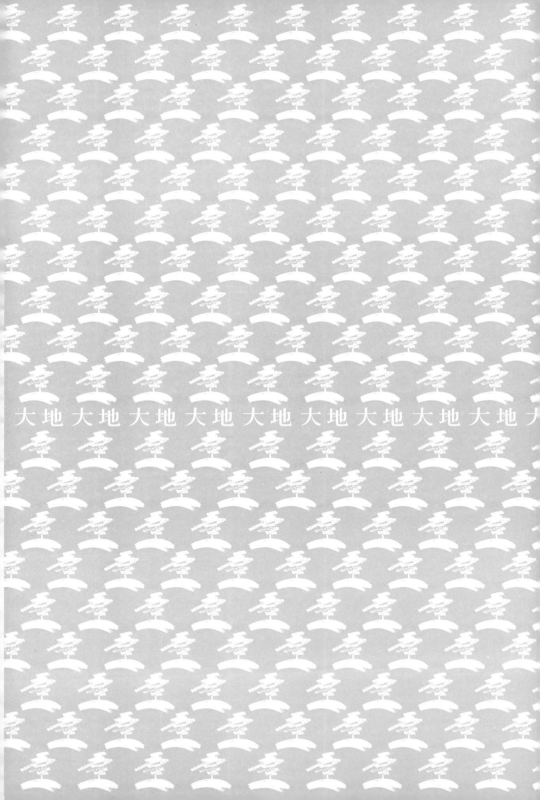

愛結

大地文學8

夐虹著

目錄

童詩

讚詩

河的兩岸

——敻虹詩小記

瘂弦

禪言偈語的寫作旨趣，每每不在於文學美感的表現，而在於宗教義理的詮釋。禮佛者在身體力行之外，發爲文字，乃是爲佛道奉獻的另一種方式；所謂「刺血寫經」爲人生懺悔、與衆生結緣，根本上是屬於神聖的叢林事業。文學，與宗教的絕對性相比，似乎是「俗人世界」的事了。

好友敻虹近年鑽研佛學，用力甚勤，最初她可能是抱一種學術研究的態度，然而浸淫日久，身入堂奧，她顯然已從哲學的層界，轉進到人生體證的層界，雖不像早年李叔同（弘一法師）那樣薙度出家、遁入空門，但看她供佛像、念佛經，每日茹素打坐的那份虔誠，我「擔心」她已到了出世的邊緣。

一個寫詩的人到了這個臨界點，不可避免地一定得面對一種困境，那便是「角色扮演」的抉擇。駱志逸先生論弘一法師出家的緣由，認爲那是「畫馬變馬」、「念佛成佛」的結果，所謂一心無二用，二用其心，擺盪動搖，爲學佛參禪者的大忌，深入佛理如弘一法師者，其歸向佛門是必然的結果。我想他在皈依之前，必然經過一段相當痛苦的掙扎過程，最後是：宗教界多了一位光芒四射的宗師，文壇少了一位照眼驚心的奇才；是值得慶幸還是值得惋惜，端看站在何種立場來作價值判斷了。

我常常想：佛學的靈修與文學事業的關係，也許沒有那麼決絕，兩者之間一定可以找到平衡點。詩人王維，音樂家韓德爾，他們是如何把宗教信仰與藝術表現融合一體，統攝在一個人格之內，值得吾人深思。事實上我在敻虹的近作中，也隱然察覺出她正在進行這種融合的努力。那屬於俗世的敻虹，她對煙火人間的恩愛眷戀，對語言形式美感的偏好與玩索，以及她性格中特有的慧黠、喜感，絲毫沒有因爲謹嚴的學佛生活而有所短少。當年我們在師大女生宿舍大門外枯等，她卻躲在樓上竊笑的胡梅子仍在！

她的作品一直在文學獨立自足的範疇內，絕對與一般有骨無肉、有理無情的「宗教詩」、「道德詩」不同！相反地，由於她長期以來對佛理的參悟，使作品更具哲學意趣與思想深度。那禪宗中特有的活潑與機趣，使她詩的語風彈性更大，姿彩更多。這麼說來，宗教修持，對敻虹不是阻力，反而是助力了。

我們慶幸我們這個年代最優秀的女詩人還在河的這一邊，跟我們在一起，跟五、六十年代一起寫詩的伙伴們在一起，過著「平凡」但卻靜美的生活。原來要作詩便離不開這人世的悲歡離合、喜怒哀樂，即使是恩恩怨怨、瑣瑣碎碎，也都是人間的條件。萬一我的老友到了河的對岸，也盼望她有能力游回來；在桂葉與菩提之間來往自如，把兩個世界變作一個世界。

苦詩

問病

·後腦右半區

縱縱橫橫地圈隔，
牽牽纏纏地網住。
流漏，一時也有可能，
如疏雨梧桐黃昏，
一時也有消息，
自漏網的時間之流，
從腦的右半區。

隱隱沉痛之處：
在玉枕穴的上方，
一身寸的深處。
化淚已然太遲，
早在病重以前，一場森林火燎，
把所有水泉河瀑，乾燥成
飛揚的灰土。就在玉枕上方，
沉痛隱隱。

‧後腦左半區

而左半區紅燈阻行的，
最是尖銳——用疼痛擊打著

狂獗的舊時病，向耳向眼向咽喉，
呻吟的左半區！

問醫問卜問一本按摩書，
按圖索驥，腳底有人體結構的平面圖，
但急救的措施失控失效，
這一方的管轄一時不靈，
我的病不在病理組織，
在腦而不在腦，
在意而一切已非。

・病歷卡

望聞問切，
似乎，其病在意。
問病對症，
從濛茫的古昔診起。

病歷表上密密地寫著：
這一生的風寒，
那一世的感傷……
多劫經歷，存檔在腦，
萬年時間，攝入病情的縮影膠片，
只不過一個頭顱的空間。

・處方箋

其病，病在意，
病在苦苦的執意。
病名為癔，
是緣生的癡迷……

放開放開，
開闡釋放，多麼艱難啊，
自力做不到，
問病的人，
懺求佛力……

「平等心可待不平情！」

處方箋上一行清新的字，
寫下解痛的藥引。

問　愛

自燎還是自療？
火中的蓮花，向
水中的倒影試問。

愛或者是恨？
心中的想念，向
遺忘之為難，試問。

原諒，還是計較？

愛向

愛問。

問水

一

一切言語，只像因風而動的波紋，
於水的本體。
一切言語，只是偶然的情表，
於水不需。

因而我還原為風前的
沉默，

還原於未遇未識前的
空無和寧虛。

二

為什麼不若沉是透澈的深度，
若遠，為無邊縹緲的想念。
若冷在冰點，為水晶，
保持獨滴的梨狀造形。
若沸啊，如心血……

為什麼做為水？
為什麼不？

為什麼不起而成為
活的海，深深遠遠，
海心擎出
一顆
如淚、
血紅的
水晶。

白髮的原因

往往他一語相詢，
我分百次回答。
綿纏的囁嚅啊，終於
把人蹉跎成白髮。

如水的心意

我從雨後潮濕的花徑摘下，
桂花，這桂花原是淡白的，
擱在書桌上，
它們漸漸在我的桌面成熟，
香愈馥郁，花色漸為金黃。

漸漸在我書桌成熟的，
也有我種種的思想。
種種的心意也是難計的，

含蕾、展瓣、漸漸如七彩的皂泡，
用最輕弱的韻律在秋天的大氣中，
無言無言的閃亮。

而不能說如秋林的果實可以摘下，
因為那心念一一，
既生而消息：
亦如水，
雖各有最美的反光和張力。

言　說

每一句話對你說，
都是用我的心對你說。
或許我的言辭簡少，
或許我的語句淺陋，
但我是用我的心，對你說。

在這樣往來如水的車馬中，
在這樣往來如織的人潮中，
在這樣往來無痕的春秋中，

在這樣只有一來的這一生中，
我的言語轉換為清亮的思惟，
以一顆淚的單純，
對你說啊對你說……

是　否

是否也有一彎清流，
載來載來這樣題字的楓葉：
領納也是一種施捨，
如果你體貼那捐奉的心。

或許曾經一方絲巾，
繡著繡著這樣帶淚的拒絕：
無情才是有情，
如果你體諒那忍戀的苦心。

愛結

愛，是你取暖的紙，
在霧氣很重的山上，
你收集那帶有淚水之潮氣的、
一封封寫著「愛你」的信，
燒來，取暖。

愛，已經長在我的心上，
你要我撕下來，
那是連血連肉的，

要痛徹肺腑、肝腸。

淡淡說來，
是那致命的愛。
你用溫婉的凝視，
你用溫婉的拋捨，
每日每日，處我一次：
甦而復死，
死而復甦的頹浮陀地獄刑。

觀夢

常常做為一個
旁觀者，
看著自己。

生的、
死的、
潔淨的身體，
水後和火前，
旁觀者

看著自己。

不動悲喜，
是夢中的定力，
對待自己。

有一次有無言深深的
悲傷，是關於你：
夢你走到生命最後的時刻，
說：你看，這生命最後的時刻，
我們終於沒有分離。
你的聲音那麼柔和，
卻是不涉悲喜。

你入了旁觀者的席位，
我在夢中
掩抑。

只有晚風與空無

・之一

有時多麼希望，
無意地回頭之際，
是前生的廡廊，
你靜靜的站立。

那視線的終點，
是淚水的起點。

我夢境的、
　夢想的、
　　夢幻的、
夢夢夢中思記的
你，端端站在門前！

但你是終於沒有出現，
沒有突然也沒有偶然。
正如我也不乍然立在你的青階：
那動人絲巾的晚風中，
那濕人面頰的雨霧中。
一如你，
我也永永遠遠沒有那

令你也默然傷神的出現。

‧之二

你在暮色中上山，
（一階一階，也是向我走來）
我在半山的路徑遇見你。
（你布衣的肩頭，留有我的淚漬）
你說你要上山養神，
（轉身，衣袂步履都輕快的隱去）
就走進更伸入暮色的深山。
（我心裡伸出雙臂。但，只有晚風，與，空無）

・之三

你俯身拾過秋山的紅葉麼？
光澤的葉面不易題詩，
年深日久，剝離容易，
粉碎在我的手中也容易。
那一分分支解的，正是
前生當年，我對你的愛情。

愛的邏輯

——愛，明明可以活人，應該恣任它生長……
愛，卻是要苦心防範：
防範它落實為聞問、牽想，
如果那是不對的愛。

——愛，明明想世世相許，應該從這一生算起……
愛，卻是要忍力防範：
防範它的溫柔，和心波相聯的敏感。
如果那是不對的愛。

那是不對的愛，
不由於它的品質、色澤、姿樣。
那是不對的愛，
時間方位錯誤於：不是早先，是遲來。

——愛，明明存在。
　愛若不對，也明明存在。
但是不對的愛，
愛存在，不對也存在。
因為不讓「不對」存在，
「愛」也不讓存在。

——愛，明明不能承擔分手的悲傷；
愛，遲了，只有任它擦身而過，
過此刻今生，向永遠的苦寂，
向無邊的眼淚宇宙，流離、流浪……

差別

世間的錯，當然是錯，
世間的對，也非真實的對。
那敏銳的美感，
不斷作顫震的調度和領悟，
把我的心，安適在那
才是對的、才是對的、的
美上。因而
美，甚至超越了愛。
但，我怎能忘懷你呢？

但，我怎能忘懷你呢？
讓湖泊在秋光中幻失，
讓松雲消隱，讓蟬聲一下子沉靜。
只有放手，讓來自山林的、
回到原來的山林。
深刻與悲痛，來過與走，
中間沒有差別什麼。

指令消失

我在無遮的自剖之後學會忍抑和沉默，
叩吧叩吧如果你的指節輕擊那松質的木門，
一起一應只是鏗然的音色在
時空中激起波紋，
起先深刻，終究淡然……

淡淡猶記其實已經
變質變形如花粉和果實。
更確切地形容那不復認識之貌容，

有關巨變的記載是：
青春與閉關；乍逢、忍別；乃至如紫色「朝顏」花
每日的一生一死……

生生死死我已疲厭於這重複，
這自己再自己！
這你這我，這苦因的自己：
意念和想像，
情愫與心緒，
這膚觸、鼻嗅、耳聽、唇吻，
我從冰雪的高山一一俯視。

一一此思想語句，

指令後重新調整、迅速歸檔，
成為我秋天的聲音。
但我是那麼地在秋天學會沉默和忍抑，
因此主鍵詞消失，
磁碟片消失，
指令消失，
那激越七情，幻作耀眼的白霧，
——你無從檢視於時空的終端機：
關於我的消息一一。

天水之涯

——贈詩人藍菱

八月泠泠的琉璃泉，
玎玎琮琮，下石灘而行深谷。
是那詩人，意態心思語言，
宛如來自冰雪天山的流水。

從那楓紅雪白愛荷華寂靜的城市一別，
於今十年。多麼難得，
你從雪客莊，又從菲律賓飛來，

一九八五年的八月。

這難得的相見，
我應該急急的先說過往的愁病？
應該領你去聽陽明山清晨的鳥鳴？
應該遠離塵囂，帶你到我曾做晚課的寺院？
應該告訴你：慚愧我仍萬情難放？
還是應該少說少語（一如這多年我音訊沉寂）
聽你聲音的流泉，琮琤著故事的雨聲、詩的迴音？

結果，結果是拙拙、匆匆的安排，
在臺北的人潮中，
在市立美術館的梯級，

我們攜兒帶女，引他們相識，
（知道彼此在練拳習劍）
要他們恭敬地稱呼我們：
「吳伯母好」、「陳伯母好」，
匆匆的看畫，顏彩噴著不自然的熱氣……

我不大可能到雪客莊看你，
只有你再飛來。
為這我有挽不住那霞雲飛逸的惆悵。
其實也不盡然，
朋友之間往往心相通連，
似一片平廣蓊鬱的杉樹林，
一望無邊，延向天涯，
是實實在在的夢境。

一晃過三冬

——寄鄭林

你不要十六年才回來一次，
人生有多少次十六年？
我送你上車，步行回來，
一步一步走回來，好像
再從我們的少年時代，又重新走一次：
也是一步一程晚風，一程清芬的草味、
混著泥香——一切是有關於生命的成長。
廼臣叫我不要哭，當著分別、以及稍後的時刻。

哭是不容易的遭遇，淚流也是一種幸福。
若果如此，則生命可視待為：
黃昏下午，那甜點、熱茶愜意的談心，
談心的感覺，也就宛如人生。

一晃過三冬，三晃一世人。
多少次恍惚，多少次不在意，
多少次對不起，是一生？

思想起

思啊思想起，
恆春的海風彈著縹緲的月琴。
唱啊唱著思想起，
頭巾綁腿，吸飽了汗水。
日午的甘蔗園，此起彼落，
唱著唱著思想起。

屏東、枋寮、林邊
老實的曝罟人，

一點點娛樂是
唱著思想起：
大婦娶了若娶細姨，
放捨那大婦真可憐。

楓港的風甜綿綿，
吹著山，也吹著種瓊麻的坡地。
一年四季容易過，
思啊思想起。

種田的唱給日頭聽，
牽罟的唱給海涌聽。
思啊思想起，

細妹唱給阿哥聽。

連綿的大武山，思啊思想起，

迤邐的海埔墘，思啊思想起。

〔護生六題〕

螞蟻

噴霧殺蟲劑天羅地網地蓋下來，
驚奔疾走或僵肢仆地，
在餅屑後最弱的呼救者是螞蟻。

嫩嫩的顫音：
發自嬰兒一般的口唇，
像大難前，春日粉紅的薔薇蓓蕾，
最後的呼救者是螞蟻。

河魚

毒魚劑急速溶解於河流的每一滴水，
每一隙水縫都充溢毒汁，
取代所有的氧氣。
最美最優雅的游姿都因為毒魚者的
收魂而放棄。
他們捕撈生命不用網，
用無以逃逸密不透風的毒液。
毒粉沿流而下，
此去所有青荇的流姿、

鱗類靜靜的情話、
俱在此時消匿，
如日昇後，
草上之露珠，林中的霧氣。

樹鳥

比翼是一種連心的契機，
我們在綠葉間停翅，結成連理。

寧謐的夢中，
槍枝在樹叢林立。
槍膛顫顫然，
鉛彈為躍出而心跳。
所有的殺戮俱已佈署，
不容你的生命突圍。

準星缺口與獵鳥者的紅眼成一直線，
可疑的隱身殺手，向目標：
　紅尾鵟、灰面鷲、臺灣錦雉、山雀、白頭翁等等
　一切鳥屬，
扣動扳機！——

所有的美麗請煙消，
留下可烤食的肌肉、
可剝製標本的羽翼。
——嗜殺者終於獵獲了
　一整餐盤失色的死亡，
和那：折斷的春日的並飛，秋夜的連理……

人類

人類對自己的圍捕，
也絲毫不放鬆。
無節制的危險，日日夜夜、
在馬路中，在山水間，
進行。

盲目的快速度衝面而來，
重量和硬度威脅著彼此的膚肌。
含鉛之廢氣、

汞污染、
鎘污染、
農藥殘留、過度的生長激素，
一一如捕蠅草等候
飛蟲：
你的跌進，或
讓路。

人類對自己的圍捕，
有聲無聲有形無形的傷折，
時時刻刻
在進行。

天安門

孩子，你在天安門死，
人母哭了，
地母哭了，
天母哭了……

大人犯的錯，
這一錯是天憂地變的四十年，
這一錯是國窮人災的四十年，
大人迎來共產黨，這個大錯，

這個大錯，
你用小命，絕食來賠。

為什麼大人要犯錯，
從前的聖賢已經說過：
民為貴。仁愛忠恕。謀及乃心……
為什麼大人要犯錯，
我們中國自有輝煌的傳統文化，
為什麼那麼丟臉去迎來禍害的馬克思……

天安門，天安門，
百萬人無聲，
舉世無聲，

都在靜靜地聽，
聽你用絕食來和大人交談，
聽你用越來越弱的心脈在說：
請實行民主政治……

孩子，你在天安門死，
人天都不安。
孩子，你在天安門死，
為一大部中國人的浩劫贖過。
人母哭，地母哭，天母哭。

愛與捨

有多深的愛，就有多苦的捨，
捨命的人把呼吸和青春、
和難報的父母恩，
一起拋別——
在天安門，在天安門，
許多學生在靜靜地絕食，
為十一億人的言語、思維、生存，
能有應得的尊嚴，
有空氣一般本是天賦的自由。

許多學生在靜靜地絕食，
絕筆書一扇扇關了生命的門，
許多父母哭，
有多深的愛，就有多苦的捨。

天安門，天安門，
悠悠歷史會記得。
有人為愛捨命，
寂寞蒼天會記得。

天安門，天安門，
哽咽的人心會記得，
有多深的愛，就有多重的捨。

〔苦詩之結束〕

驚見衛星雷達站

一

盍興乎往！
這時景象向晚，
道路的高度已超過松林、櫻花和楓樹，
車馳目騁，在陽明山國家公園，
山名大屯和七星之間。

我們已駛過柔草和芒花的地帶，

幾次轉彎，小心下坡，
忽然一壁蒼藍的山前，
赫然是龐大而精緻，圓形、白色的雷達站。
磁吸我全部的心神，
那向西的和向東的雷達站！

二

那向西的雷達站，正對著夕陽，
是不是有所波感：
西方深處，
金色的星雲，為接納有情，
正氤氳蓮花的形狀。
燦燦的語言，信其可以
用眼神收聽，用色光發音，

南無阿彌陀佛，南無阿彌陀佛……

三

而向東向東的雷達站，
正向東，向著藍淨淨的東方！
琉璃寶的空中，信其可以
有情依願而往。
日月菩薩為脇尊，
頂天立地，充瀰於太虛，
是潔淨透明的寶藍。
此去向東，依願可往，
南無藥師琉璃光如來……

四

圓形、白色而精微，磁攝我的心，

那向西的和向東的雷達站！
這時景象向晚，
盍興乎往！

童詩

香蕉百福

我在王子月刊上學的第一道手藝，
是香蕉百福，
用冰淇淋、汽水和香蕉調製。
爸爸、媽媽和哥哥，
嚐過的人都說好棒。

這只是一個開始，
我還要去買一本食譜，
暑假裡，每天表演不同的花樣。

別針

閃著陶瓷的光澤，
那冰淇淋別針，
是我最喜愛的別針，
可以掛在胸前，
也可以加以想像
它的香味和冰涼。

在米老鼠、天蠍星座、紅蘿蔔
各式各樣的別針當中，

被我一眼看上
就是這個淡綠色的冰淇淋別針。

哥哥

哥哥練就一身強有力的筋骨，
藉著教我防身對打的機會，
不小心在我手上露一下功夫，
痛得我
哇哇大叫。

哥哥常陪我下棋，
又教我
拳法、

馬步、
算術、
畫圖。
爸爸媽媽不在家的時候，
從來不會故意欺負我。

現在哥哥更是
百分之百不會欺負我了，
因為我是家裡唯一
會調製冰淇淋點心的
高手。

巴比娃娃

我有一把木劍，一把真劍，
一個翠綠色的滑板
和幾個洋娃娃，
這些都是我心愛的寶貝。

我知道媽媽心愛的寶貝是什麼，
每一次，她為我梳頭髮，
都說，我是她可愛的巴比娃娃。

鬧　鐘

我們家有兩個鬧鐘，
一個鬧鐘爸爸轉到六點，
每天準時的鬧醒爸爸。

還有一個鬧鐘放在哥哥的床頭，
哥哥轉到五點，為了早起讀書，
但是鬧鐘響了又響、鬧了又鬧，
鬧不醒哥哥
卻鬧醒了爸爸。

爸爸每天早起，
因為有兩個鬧鐘鬧醒他。

北極的地圖

在我書桌右邊的牆上，
爸爸為我貼上一張地圖。

這一張北極的地形，
用白色和藍色來構圖。
這裡是地軸的出發點，
冰山和北極洋開始蔓延，
白皚皚、白霧霧、白茫茫的雪
向低緯度的地方蔓延，

遇冷成冰，遇暖化水，
就是藍澄澄的海洋。

這一張地圖我很喜歡，
寫完功課我便看看它，
它給我難測而新奇的感受，
和許多安靜、美麗的聯想。

遺傳

我有一個圓圓的大額頭，像媽媽，
媽媽有一個圓圓的大額頭，像外婆，
我得意地告訴媽媽，這叫做遺傳。

媽媽有時候很糊塗，
我有時候也很糊塗，
我告訴媽媽說，這叫做遺傳。

媽媽說，圓額頭可以說是遺傳，

糊塗不可以說是遺傳。

媽媽說，那是模仿來的，

「近墨者黑」呀。

媽媽說，我年紀小，要勤快、用心，

不可以糊塗。

寂　寞

當我寂寞的時候，
我就吹奏我的直笛。
在婉轉的樂曲中，
時間不知不覺的流走。

當我寂寞的時候，
我就用心的寫毛筆字。
在一筆一畫的營運中，
時間不知不覺的流走。

當我寂寞的時候，
我就為我的洋娃娃梳頭髮。
佩上飾物、穿上好看的衣服，
時間不知不覺的流走。

當我寂寞的時候，
我就到樓下的空地上打拳。
在流汗和深呼吸的快意中，
時間不知不覺的流走。

時間流走，
我的寂寞也流走了。

月光

有一天晚上突然停電了，
屋子裡瞬間像跌進黑洞一樣。

媽媽說不要怕不要怕，
抽屜裡有紅色的蠟燭，
但是我們不要點燃它。

就著窗，漸漸的，你們看：
夜晚並不黑暗，

天不是黑色的，
建築物和樹林漸漸分明，
天空中有著疏落的星星，
和一彎
明潔的月亮。

太陽

童年的圖畫紙，
在白白的圖畫紙上方，
孩子們一定畫一個
橘色的太陽。

太陽最溫暖、最可以依靠，
像我的父親一樣。
有的民族敬拜太陽。
我知道諸菩薩中，有一位

日光遍照菩薩。

太陽是每一個人童幼時
第一個最圓、最圓滿
永遠放光的
橘色能源。

馳車

暑假裡，我很寂寞，
媽媽說，我可以一個人搭飛機回臺東
和表姐表妹騎單車玩，
也可以和外公到溪邊打水漂，
我好高興呵。

可是爸爸搖搖頭說：
騎車子危險，
不如讓她一個人搭計程車，

到奶奶家和小堂弟玩。
媽媽又搖搖頭：
一個人搭計程車？不行！
不如搭公車，再步行到奶奶家。
爸爸說，交通太亂，還是在家裡看書吧。
好掃興呵。

我希望快一點長大，
可以自己一個人到奶奶家、到外公家，
過一過像爸爸媽媽他們一樣的童年。
爸爸說嘉南平原的鄉下，從西港到佳里，
夾道是木麻黃和芒果樹，
馳車在涼涼的樹蔭下，

童年好快樂。
媽媽說，從臺東中華路的起點，
騎車到外公的山上，
越過廣闊的知本溪河床，
童年好快樂。

為什麼我的童年要等待，
等待長大了，
才可以快快樂樂的騎單車，
馳騁過一番清涼而
無羈的自然，
——那原野、樹林和河床構成的
立體圖案。

附記：一個月後，我終於一個人搭飛機回臺東了，好高興呵。

鄉 愁

在香根園兒童夏令營，
我們認識了許多小朋友，
彼此成為好朋友。
每天我們快快樂樂的，
在鳥鳴時醒轉，
在綠蔭下遊戲，
在夜色中探險，
在涼風裡入睡。
海邊、山坡、課室裡，

都是好玩的節目。

大家都暫時忘了家，
唯一、偶然勾起我們「鄉愁」的，
是運動以後，兩餐之間，
對那香甜的蛋糕、點心的想念，
像釣絲一樣，漸漸勾起
我們思家的鄉愁了。

蟬聲

我們的夏令營本部，
是一座修道院的宿舍。
古老的房子立在
濃濃的綠蔭中。

這裡不是漢索、葛莉朶兄妹的林中屋，
也不是森林深處巫婆居住的小屋，
是我們夏令營一伙四十位小朋友的住屋。
綠風輕輕軟軟的吹來，

——風為什麼會是綠的？
　因為它經過綠蔭的染布坊！

綠風中，蟬聲如潮，
夏天在樹上盡心忘情的唱：
那黑腹銀翅的蟬，
那棕胸的蟬、那綠背的蟬，
一起在綠蔭中
唱潮聲一樣的夏歌。

我是一棵樹

別離了的同學會再見，
伏案的功課會做完。
像風把灰塵和蛛網吹走，
煩惱的事情，很快就過了。

盼望著的夏令營終於參加了，
難學的小虎燕，也學會了，
困難的事情，很快就過去了。
那是什麼樣的領受，

什麼樣的感覺呢？

哦，原來我是一棵樹，
時間吹拂而過，
把焦急和等待吹走。

美麗的翠鳥銜著快樂，
到我身上棲止，
又在我的心裡種下甜蜜的種子。
時間是一隻美麗的翠鳥，
它飛來飛去、飛來飛走。
而我是一棵樹——亭亭地生長著。

蟲小人和人君子

喜歡擠在爸爸和媽媽中間的是妹妹，
妹妹十足是個「跟屁蟲」。

媽媽叫妹妹：「小蟲……」
妹妹說：「我不是蟲，我是人。
　　媽媽才是小蟲。」
媽媽：「那麼，小人……」
妹妹說：「我不是小人，我是君子。
　　媽媽才是小人呢。」

媽媽說：「哦，那麼妹妹是人君子，
　　　媽媽才是蟲小人囉。」

妹妹十足是個「跟屁蟲」，
卻成了「人君子」，不是「蟲小人」。

相反的語詞

媽媽的棋藝不怎麼高明，
一下子就敗在哥哥的佈局下。
哥哥說：「子曰，傻子輸棋……」

媽媽不服氣，
第二局居然反敗為勝。
為了出一口氣，
便引用相反的詞語。
媽媽得意的說：

「儍子曰，儍子輸棋……」

笑倒了我們，

所以不能不慎用相反的道理。

收集

什麼東西最柔軟——比綿羊的毛，
什麼東西最硬——比松果，
什麼東西最甜——比剛摘的野莓，
比南美朱槿、花心之蜜，
什麼東西最永久——比太陽？

什麼東西最藍——比貓咪之眼，
什麼東西最脆最亮——如閃電擊打在夏午的雲空，
什麼東西可以撫摸——如兔子，

什麼東西不喜歡被人打擾——如爸爸。

我們把許多見過的，
許多思議不到的，
許多在想像中是那麼鮮明特別的東西，
收集起來，一直到長大，
那就叫做
「幸福的記憶」。

彈珠

渾圓而透亮，
裹著五彩的楊桃，
托在我的掌心，
讓我端詳又端詳。

質感和顏彩，
音色和光影，
滑利的滾動和彈起，
我都一一體會，
由於彈珠在手上。

幻想

如果風變成水流，藍色而亮，
我們就可以泅泳其中，泛舟河上。
如果雨變成糖果，落在草間，
我們就可以隨時在大自然野餐。

如果流星變成沙灘，
我們就可以散步在發光的海岸。
如果琴聲變成蝴蝶，
我們就可以看到音符的低迴和飛揚。

如果樹林變成積木，
我們就可以把綠蔭排列不同的圖案。
如果我變成老師，我一定每天說故事，
但誰來變成我呢，坐在那兒幻想？

問

你在看什麼？
看——風！
風怎麼看得見啊？
——竹葉子在搖動。
你在想什麼？
一定是關於快樂的，
因為你是一片神往，
而且唇角，有笑意閃漾……

詩句

如果心是一湖澄淨的水，
蓮、茭、菱、芡，
舟、舲、舸、舫，
一一是水上的詩句。

如果心是暮色中四野的空曠，
一行雁飛過，
飛去、飛去，
是天邊的詩句。

雨・蟬

雨聲和蟬聲，
做勝負的拉鋸戰。
終於雨聲全贏，
蟬聲全隱。

雨來了，
蟬走了，
……是麼？

蟬的翅膀濕了，拍不動歌，
山雨的銀絲絃越拉越響，
山蟬把金翼合起來，
奏出最勝的山音無聲。

螢火蟲

有一隻螢火蟲，芳名叫做「火金姑」，
黑色的披肩黑色的長裙，樸素地打扮著，
她是瘦瘦的羞卻的姑娘，
提著燈籠在草叢、在樹林中尋路。

每個夜晚她提著燈籠巡視，
上上下下左左右右依循著小小的呼喚聲，
所有迷失了找不到媽媽的小螞蟻、小蟋蟀、小瓢蟲
都在這樣月光隱去、貓頭鷹咕咕叫、

長舌的蜥蜴未睡、牛蛙還在覓食的夜晚，
小小的昆蟲娃娃們、在草叢裡、
在樹林中呼喊著：
「火金姑啊」、「火金姑」……

火金姑忙上忙下忙左忙右，
提著燈籠為小螞蟻、小蟋蟀、小瓢蟲照路，
護送他們回到家門口。
屋裡有溫暖的飯香，
有溫暖的燈光、有溫暖的床，
有媽媽溫暖的懷抱等著娃娃。

依循著許多小小的呼喚聲，

火金姑遠遠近近上上下下左左右右地忙碌。
火金姑把每一隻小昆蟲娃娃送回家門口。
火金姑右右左左下下上上近近遠遠，
遠遠的飛去了，
像天上美麗的星光一閃一閃，
漸飛漸遠在夜色中。

黑嘴鳥

媽媽在屋後洗衣，
一隻小小的黑嘴鳥飛到媽媽的頭上，
——你以為媽媽的頭髮是鳥巢嗎？
媽媽嚇了一跳，
叫哥哥和我快來看。

小鳥應該在天上飛，
為什麼你不飛走？
哥哥把小米放在洗衣機上，

小鳥跳過去吃米，
吃過了米跳到哥哥的肩頭，
任由哥哥把牠帶進屋裡來。

就這樣我們有了心愛的小鳥。
牠膽小又頑皮，
害怕又亮又硬的家具，
——如電話和玻璃墊。
柔軟的布沙發椅背，
是牠一房一廳的公寓。

牠最喜歡媽媽和哥哥，
纏不清，像孩子黏著母親。

媽媽做家事、走動、炒菜，
牠時常飛向媽媽。
哥哥呢，更是小鳥的伴侶，
夜晚牠乖乖的睡在哥哥的床頭，
安靜的和哥哥同時入夢。

牠最拿手的把戲是「走索」的特技，
哥哥看報紙，
牠飛到報紙的上端，
從這頭走到那頭，
小小的身體前後搖晃。

有時牠會和哥哥親嘴，

會在哥哥的作業簿上散步。
又有時嘴裡叼一張白紙，
樣子好滑稽。
最撒嬌是牠啁啾的聲音，
喃喃呢呢不知說些什麼。

可愛的黑嘴鳥有一天生病了，
哥哥捧著牠去看醫生。
牠不肯讓醫生碰觸，
驚慌的閃躲拍翅。
但慧眼的醫生一看，
就知道牠得的是腸炎。

回來牠乖乖的從我們手上吃藥。
病中的小鳥好虛弱，飛不起來，
白天在陽臺散步，
黃昏了，跳到哥哥的床下，
靜靜的舉頭仰望。
我們把牠放在床頭，
牠便疲倦的睡著。

在期盼中牠終於復原，
脫落了的羽毛又長長。
有一天我和哥哥放學回家，
媽媽說黑嘴鳥不見了，
我們都好難過。

整夜裡都好似聽到牠的叫聲，
若有所失的心情一直延續到今天。

黑嘴鳥來我們家住了七十九天，
牠為什麼來，為什麼又要走？
小鳥你那麼喜歡我們，
為什麼不飛回來玩一玩再走？

人們說這個叫緣，
緣盡了就要分散。
但我還想再探問究竟，
難道那感情我們不能做主嗎？
小鳥小鳥，
你為什麼不飛回來？

蝴蝶

我家的日日春攀在窗欄上，天天開花，
許多蝴蝶飛來，
黑色的鳳蝶和小小的粉白蛺蝶。

有一天，一隻褐色蝶誤入客廳的領空，
哥哥放牠出去，
不一會兒，牠又飛進來，
我們就歡迎牠住下，
天花板是牠的家。

第二天，怕牠餓著了，
哥哥想出一個辦法，把糖水滴在手上，
對著蝴蝶說：
蝴蝶蝴蝶，飛下來，下來喝糖水！
沒想到蝴蝶真的一衝而下，
飛到哥哥的手上。

蝴蝶怎麼喝糖水呢？
原來牠自備一根長長的吸管，
平時捲起來，
而現在，它可伸得直直的，
很快的就把糖汁吸光，

又飛回天花板上。

第三天，我們放學回家，如法炮製，
蝴蝶仍然聽話的飛到哥哥的手上，吮吸甜液。
但是這回，牠不再飛回天花板，
而是飛走了，
翩翩翻翻
飛回大自然。

小娃娃

親愛的小娃娃：
從你學爬，到「牙牙」學說話，
尤其當你第一次發聲叫「媽媽」，
到更豐富的內容，說：「媽媽、抱抱」……
你可知道，你的聲音像好聽的鈴鐺，
是最美的旋律：
從綠蔭、從草原、從小溪、從海岸，
從下雪的高山，
流到人住的村莊。

親愛的小娃娃：

你的語音是大人的幸福，

你把幸福給了你的爸爸、媽媽和家人，

也注滿世間一切人的心上。

小學生

你已經穿上制服、背上書包，
規規矩矩、一板一眼。
爸爸媽媽送你去上學，教你認路：
怎麼搭公車，怎麼打電話。

你曾經下錯站，知道應變，
請計程車司機伯伯送你回來。
你一點也不慌張，
完全是大人模樣。

你曾經因為不忍同學被人欺負，
而和強者大打一架。
你曾經把玩具分給人家，
心地單純而善良。

你是那麼可愛憨直，
你的成長使大人的時光倒轉：
美麗與良善永留，
歲月的流逝停止。

青少年

一眨眼你已經長大，
是一個青少年了。
有些尷尬，有些反抗，
有自己的思想。

你從稚氣的幻想，
到觀察周遭事物的真相；
又從現實世界，
進入理性的思量。

你忍力度過了國中、升學，
十三歲到十六歲是最艱難的階段。
高中三年從休息到用功到聯考，
社團和朋友分攤了歡喜和困難。

一眨眼你已經長大，
成功嶺集訓提醒了爸爸媽媽。
但不論你已高過父親，
坐姿也穩如泰山，
你還是父母心中，
忍不住要抱住親親的娃娃。

媽媽的話

——給南圭和南妤

親愛的孩子，媽媽愛你。
願你長大以後，
了解出世的真實，
也珍惜入世的真情。

親愛的孩子，媽媽愛你。
願你長大以後，
欣賞遠處的星辰，
也關心近處的衆生。

讚詩

〔楊枝淨水讚〕

楊　枝

楊柳的枝條不只是垂拂在西湖岸，
不只是在將出的玉門關，不只是、
不只是陌頭，不只是江南。
殘月曉風，不只是我心頭：
一叢叢煙雲穠淡，楊柳枝，
大士將隨手拈摘。

淨水

這水是不拘湖海，這水是、
也是那雨，也是那淚，也是那
慈母的心腸——一一不拘，
處處道場。

但將甘露於苦渴，
但將滋慰於無邊的絕望，
於地獄火，於刻骨痛，
這寶瓶淨水，點滴分寸，
為你的身、魂、心、夢療傷。

遍灑三千

一佛淨土有世界三千大千，
一世界一日月，繞須彌山而行。
我在須彌山以南，隔香水海遙望，
我是遙遠遙遠而遙遠，
我是渺小復渺小，在須彌山以南。
圓顱方趾，年壽極限於百的
黃膚種姓，遙望你：
光燦的珠寶，香花遍滿，踏風輪之上，
立於虛空的須彌山。

上有三十三天的須彌山，衆神的須彌山，
高八萬四千由旬，構成千數之一的須彌山。
千千為小千，一千小千是中千，一千中千為大千，
三千大千一佛土，之一之一啊，
香水海上的須彌山，我在你以南。

性空

如果你依賴覺識收受；
如果你依賴思惟；
如果你用情種因：
你便落入永遠的相對裡。
——日夜、深淺、有無，
　聚首和離別，愛或失落。
願你了然「我」是暫且的假設，
願你了然佛法亦相待於此人世苦穢的泥土。

萬物如幻，
願你了然無著。

八　德

香水海，海水香甘溫柔，
如熨心的手，用軟語撫摩。
大士以楊枝沾灑，水珠向你、
漩成芬芳的蓮花……
此去十萬億佛土有世界名曰極樂，
金池裡等你來有清涼水亦具八功德。

利人天

我們圍一個大圈圈，
我們手牽著手圍一個大圈圈。
有時候我牽著陌生的你的手，
有時候我牽著的是自己的手：
過去的手，牽著現在的手，牽著未來的手，
我牽著我，圍成一個大圈圈。

在這裡不容易突圍，從蟻、蝶、魚、蟲，
從羽翼到好看的人，

從喜戰的阿修羅——以珠寶為箭，
觸身即稱勝敗，那喜戰而不殺的阿修羅，
到抱琴飛天的乾闥婆，
甚至梵天王和他美麗的眷屬，
大家手牽著手，圍一個大圈圈。
在這裡不容易突圍，這裡是福祉或辛苦的輪迴，
這裡是我們等待大士的範圍。

福壽廣增延

萬物如幻，願你了然，
而又萬萬不可鄙棄此如幻如電的造化、
此假合的我身。
虛幻等你了解，真實在其上。

增福延壽，
大士關切於你每一句禱告。

滅罪消愆

我於此懺悔，
我於此稱念：由遙遠古代，到遙遠未來，
我有幸同時的
一一佛名，八十八，乃至三千，我跪下稱念，
懺悔我曾做的不是，
我曾愚癡不智所做的不是，
我無力挽救，也無由補償。
我於此懺悔，
諸佛洪名我跪下稱念：

請幫我對那曾經對不住的人物事件，彌補缺憾；
也請幫我分擔那隨身的業障。

火燄化紅蓮

這火來自與這水同樣的母胎，
是孿生的清涼和忿熱癡愛。

這水何況是純淨甘涼，大士取自八功德海。
這火，這火燄，這紅火燄漸次轉化，
語音漸漸柔順，火蕊漸漸芬芳，
而出落為蓮花……
這蓮花，這來自火燄的紅蓮花，
終於開在我心安靜的水上。

南無觀世音菩薩摩訶薩

水澤、木橋，茅屋、籬落，
踢毽子的孩童，下棋的老叟，
浣衣的婦女，或行路的官差……
北方有國，名曰震旦，
我震旦國的子民，有智慧、福報，
來篤信大乘。
尤其與菩薩有緣，
有深緣在此焚香膜拜、
問訊如來。

有深緣我篤信大乘，歸依於：
聞聲救苦、大慈大悲者，
南無觀世音菩薩摩訶薩，
南無觀世音菩薩摩訶薩。

「愛結」跋

無情如死，愛生萬物。

但愛，又是自縛的繩結，綿延的習氣，纏繞牽縈的掛心，是局限的美感。

詩集名爲「愛結」，而分三輯：「苦詩」、「童詩」、和「讚詩」，共六十七首。

第一輯「苦詩」二十八首，大約是一列自我審視的歷程，是我思惟的，亦是情意的成長。我自小信佛，這些年曾用功於經論的研讀，誠敬的拜佛，念佛。省察、修正一己的心態行爲，是每日的功課之一。對於從生以俱的七情之深淺變化，其豐美或艱難，已嘗受體會，思辨剖析。入世之情，苦多於甘，甘亦爲苦。但可以提昇。自力不足，惟仰佛力。西方有淨土，東方有淨土。「驚見衛星雷達站」是苦的結束。

第二輯收「童詩」二十九首。我是兩個孩子的媽媽，孩子很快就長大。南圭已經上大三了，南妤也已上高二。他們童幼時的種種，溢出了我收存回憶的百寶袋。他們可愛的面容，他們意趣的話語，他們的乖巧體貼，是我最大的幸福。做媽媽的，不大會燒菜，不大能調理生活，心裡有豐富的情愛，不知怎樣傾注，怎樣落實的呵護。惟一能給的是寫詩。寫我們一家四口共同記得的事：那撒嬌的黑嘴鳥，那誤闖客廳領空的蝴蝶，那贈自友人弗蘭克和蓓姬夫婦的北極地圖。還有，做爸爸的，老是被兩個鬧鐘吵醒。

第三輯是「讚詩」十首，讚釋佛教原有的「楊枝淨水讚」。排開萬難，人心深處並非濁流，原來水火同源！楊枝淨水讚，磬聲梵唱，引出一片淨土光亮。原來淨土在心！楊枝水，灑向烈火燄，火焰漸漸化紅蓮，原來水火同源。讚楊枝淨水讚，是我對佛法的禮敬，對空義的理解，和對觀音大士的悔懺——用的是詩的推心傾談。

詩集出版，感謝瘂弦先生賜序，感謝姚宜瑛女士的鼓勵和出版。願讀者先生女士喜歡這本書，願這本詩集能帶給人解縛的清涼。

南無阿彌陀佛

夐虹 七十九年十一月十四日於中和

大地圖書目錄(一)

編號	書　　名	作 者	定價	圖書分類
01030001	講理(增修版)	王鼎鈞	230	大地文學
01030002	在月光下飛翔	宇文正	220	大地文學
01030003	我的肚臍眼	殷登國	180	大地文學
01030004	笑談古今	殷登國	200	大地文學
01030005	張愛玲的小說藝術	水　晶	190	大地文學
01030006	香港之秋	思　果	190	大地文學
01010040	風樓	白　辛	85	大地文學
01010120	蛇	朱西甯	105	大地文學
01010130	月亮的背面	季　季	120	大地文學
01010150	大豆田裡放風箏	雨　僧	160	大地文學
01010220	美國風情畫	張天心	160	大地文學
01010250	白玉苦瓜	余光中	150	大地文學
01010270	霜天	司馬中原	60	大地文學
01010290	響自小徑那頭	劉靜娟	95	大地文學
01010300	考驗	於梨華	165	大地文學
01010310	心底有根弦	劉靜娟	90	大地文學
01010400	台灣本地作家小說選	劉紹銘編	110	大地文學
01010470	夢迴重慶	吳　癡	130	大地文學
01010490	異鄉之死	季　季	100	大地文學
01010500	故鄉與童年	梅　遜	90	大地文學
01010520	當代女作家選集	姚宜瑛	80	大地文學
01010540	域外郵稿	何懷碩	90	大地文學
01010640	驀然回首	丘秀芷	90	大地文學
01010650	夐虹詩集	夐　虹	160	大地文學
01010660	天涯有知音	張天心	85	大地文學
01010710	林居筆話	思　果	95	大地文學
01010720	蘇打水集	水　晶	90	大地文學
01010730	藝術、文學、人生	何懷碩	140	大地文學
01010790	眼眸深處	劉靜娟	85	大地文學
01010820	快樂的成長	枳　園	110	大地文學
01010830	我看美國佬	麥　高	95	大地文學
01010910	你還沒有愛過	張曉風	120	大地文學
01010930	這樣好的星期天	康芸薇	85	大地文學
01010970	談貓廬	侯榕生	85	大地文學

大地圖書目錄(二)

編號	書名	作者	定價	圖書分類
01010990	五陵少年	余光中	120	大地文學
01011010	七里香	席慕蓉	130	大地文學
01011020	明天的陽光	姚宜瑛	140	大地文學
01011050	大地之歌	張曉風	100	大地文學
01011070	成長的喜悅	趙文藝	80	大地文學
01011090	河漢集	思　果	85	大地文學
01011140	眾神	陳　煌	100	大地文學
01011170	有情世界	薇薇夫人	85	大地文學
01011190	松花江畔	田　原	250	大地文學
01011200	紅珊瑚	夐　虹	85	大地文學
01011210	無怨的青春	席慕蓉	150	大地文學
01011260	我的母親	鐘麗慧	110	大地文學
01011300	快樂的人生	黃　驤	150	大地文學
01011310	剪韭集	思　果	95	大地文學
01011320	我們曾經走過	林雙不	120	大地文學
01011330	情懷	曹又方	120	大地文學
01011340	愛之窩	陳佩璇	90	大地文學
01011380	我的父親	鐘麗慧編	150	大地文學
01011390	作客紐約	顧炳星	160	大地文學
01011420	春花與春樹	畢　璞	130	大地文學
01011440	鐵樹	田　原	170	大地文學
01011450	綠意與新芽	邵　僩	120	大地文學
01011470	火車乘著天涯來	馬叔禮	95	大地文學
01011480	歲月	向　陽	75	大地文學
01011490	吾鄉素描	羊　牧	100	大地文學
01011510	三看美國佬	麥　高	100	大地文學
01011520	女性的智慧	吳娟瑜	125	大地文學
01011530	一個女人的成長	薇薇夫人	85	大地文學
01011570	綴網集	艾　雯	80	大地文學
01011580	兩代	姜　穆	120	大地文學
01011610	一江春水	沈迪華	130	大地文學
01011640	這一站不到的神話	蓉　子	100	大地文學
01011650	童年雜憶—吃馬鈴薯的日子	劉紹銘	100	大地文學
01011660	屠殺蝴蝶	鄭寶娟	100	大地文學

大地圖書目錄(三)

編號	書名	作者	定價	圖書分類
01011680	五四廣場	金　兆	100	大地文學
01011700	大地之戀	田　原	180	大地文學
01011710	十二金釵	康芸薇	100	大地文學
01011720	歸去來	魏惟儀	150	大地文學
01011760	一個女人的成長(續集)	薇薇夫人	90	大地文學
01011770	一步也不讓	馬以工	120	大地文學
01011780	芬芳的海	鍾　玲	110	大地文學
01011790	故都故事	劉　枋	110	大地文學
01011840	煙	姚宜瑛	110	大地文學
01011850	寄情	趙　雲	90	大地文學
01011860	面對赤子	亦　耕	120	大地文學
01011870	白雪青山	墨　人	250	大地文學
01011970	清福三年	侯　楨	120	大地文學
01011980	情絮	子　詩	120	大地文學
01012000	愛結	夐　虹	100	大地文學
01012010	雁行悲歌	張天心	125	大地文學
01012020	春來	姚宜瑛	160	大地文學
01012030	綠衣人	李　潼	160	大地文學
01012040	恐龍星座	李　潼	170	大地文學
01012050	想入非非	思　果	150	大地文學
01012080	神秘的女人	子　詩	110	大地文學
01012100	人生有歌	鍾麗珠	150	大地文學
01012110	樹哥哥與花妹妹(上)	林少雯	250	大地文學
01012120	樹哥哥與花妹妹(下)	林少雯	250	大地文學
01012180	張愛玲與賴雅	司馬新	280	大地文學
01012200	張愛玲未完	水　晶	170	大地文學
01012220	初挐海上花	陳永健	170	大地文學
01012230	條條大道通人生	謝鵬雄	160	大地文學
01012240	觀音菩薩摩訶薩	夐　虹	160	大地文學
01012250	宗教的教育價值	陳迺臣	120	大地文學
01012260	破巖詩詞	晞　弘	130	大地文學
01012270	孫中山與第三國際	周　谷	280	大地文學
01012310	枇杷的消息	張　錯	160	大地文學

國家圖書館出版品預行編目資料

愛結 / 敻虹著. – 二版. -- 臺北市：大地,
2000〔民 89〕
面；　公分. -- (大地文學；8)

ISBN 957-8290-30-6 (平裝)

851.486　　89016771

愛　結

大地文學 8

作　　者：敻　虹
創 辦 人：姚宜瑛
發 行 人：吳錫清
主　　編：陳玟玟
封面設計：曾堯生
法律顧問：余淑杏律師
出 版 者：大地出版社
台北市內湖區環山路三段 26 號 1 樓
劃撥帳號：0019252－9(戶名：大地出版社)
電話：(02) 2627－7749
傳真：(02) 2627－0895

印　　刷：久裕印刷事業股份有限公司
排　　版：久裕電腦排版企業有限公司

二版一刷：二〇〇〇年十二月

定　　價：150 元

Printed in Taiwan

e-mail：vastplai@ms45.hinet.net

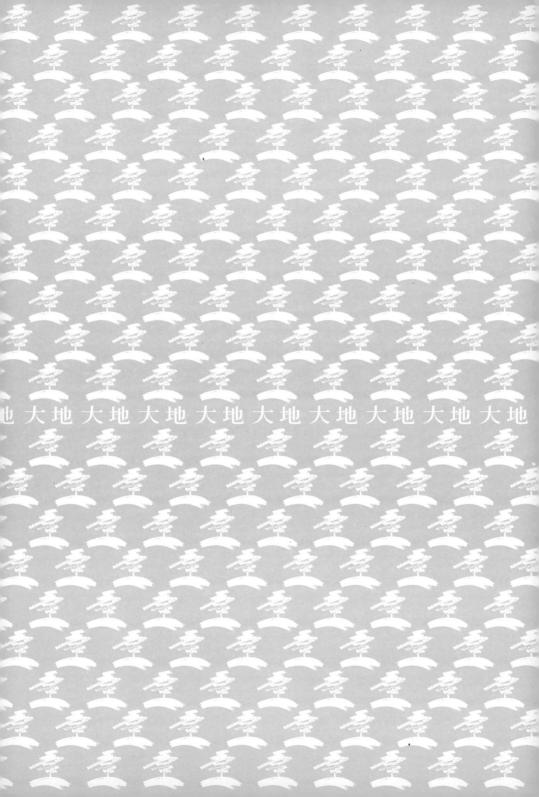

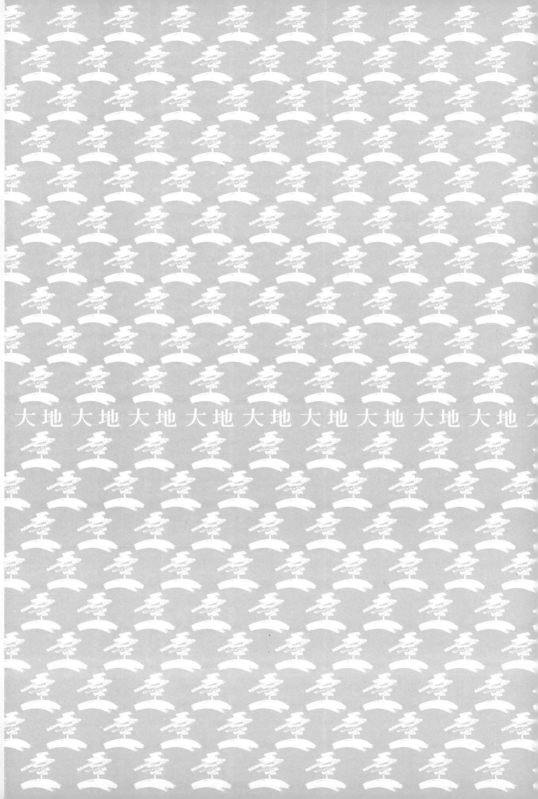